LENOIR ET BLANC NE SONT PAS DES BLEUS

JÜRG OBRIST

Né en 1947, il vit à Zurich.
Après des études de photographie,
Jürg Obrist est devenu
illustrateur indépendant.
Il travaille pour l'édition
et la presse jeunesse.

Dans la même série :

Lenoir et Blanc en voient de toutes les couleurs
Lenoir et Blanc en voient des vertes et des pas mûres
Lenoir et Blanc font rire jaune

Direction artistique :
Guillaume Berga

Maquette :
Amandine Chambosse

Titre original :
Verflixt, das Klasofon ist weg!

ISBN 2-7427-6158-6

Loi 49-956 du 16 juillet 1949
sur les publications destinées à la jeunesse.

Les enquêtes de Lenoir et Blanc

LENOIR ET BLANC NE SONT PAS DES BLEUS

Écrit et illustré par
JÜRG OBRIST

Traduit et adapté de l'allemand par
SYLVIA GEHLERT

ACTES SUD JUNIOR

L'AGENCE LENOIR ET BLANC

Ça chauffe à l'agence de détectives Lenoir et Blanc ! **Edgar Lenoir** et **Amandine Blanc** se trouvent aux prises avec trois dossiers brûlants. Pour mener l'enquête et résoudre les énigmes, ils font appel à vous. Mais attention, rien n'est simple ! Les apparences sont trompeuses, les fausses pistes fourmillent, et les malfrats ont plus d'un tour dans leur sac. À vous de percer les mensonges et de repérer les indices qui feront tomber les coupables. Alors, furetez dans les images et lisez avec soin ce que disent les personnages. N'hésitez pas à revenir en arrière : un petit détail peut soudain vous permettre de faire un grand pas en avant. Et surtout, faites marcher à fond les outils les plus précieux dont dispose un détective : le sens de l'observation et une bonne mémoire.

Après chaque question, prenez le temps de réfléchir puis notez votre réponse. Pour vérifier si vous avez vu juste, recherchez la solution qui figure à la fin du livre.

À vous de jouer maintenant ! Il y a fort à faire et Amandine et Edgar comptent sur vous.

LE RÊVE DE RODOLFO SERRE

Depuis sa plus précoce incarcération, Rodolfo Serre ne pensait qu'à s'évader. Il rêvait du grand large, des plages de sable fin ourlées des eaux turquoises des mers du Sud. Ah ! pouvoir se prélasser à l'ombre d'un cocotier, les doigts de pieds en éventail, et se faire bercer par le clapotis des vagues, Rodolfo était prêt à tout pour réaliser son rêve.

Dans l'atelier de son vieux complice, Loulou Ptoux, il avait ainsi installé une planche à fabriquer des faux billets. Quand la police l'avait arrêté, la planche était encore chaude mais les billets s'étaient évaporés. Rodolfo retourna en prison tandis que Loulou Ptoux fut relâché, faute de preuves.

Puis, coup de tonnerre ! La veille du jour où le directeur de la prison, Jérémie Des Barreaux, allait fêter en grande pompe son départ à la retraite, Rodolfo se fit la belle de bon matin. Des Barreaux fut plongé dans le désarroi, toute sa longue et prestigieuse carrière était soudain remise en jeu ! Il décida alors d'appeler discrètement les Lenoir et Blanc à sa rescousse.

– Il me faut ce Serre d'ici demain. Mais surtout, pas de vagues ! Son évasion ne doit pas se savoir. Il y va de ma réputation, vous comprenez ?

Edgar et Amandine comprirent parfaitement – tout comme vous avez compris.

Allez-vous réussir à mettre la main sur le faussaire en cavale et à sauver Des Barreaux, le directeur ?

1

DES ADIEUX DÉCHIRANTS

Jérémie Des Barreaux apprend à Edgar et à Amandine ce qu'il sait de l'évasion de Rodolfo Serre, c'est-à-dire pas grand-chose :
– Quelqu'un lui a probablement fait passer une lime avec laquelle il a scié les barreaux de la fenêtre, le bougre ! Tout ce qu'il a laissé derrière lui, c'est un grand dessin accroché au mur de sa cellule : une superbe plage avec un cocotier et lui dessous. Et dire que moi, j'ai voulu faire une surprise à mon épouse en réservant un voyage à Tahiti ! Départ après-demain. Mais avec la fuite de Serre, tout cela tombe à l'eau. Sans parler de la honte que son évasion ne manquera pas de jeter sur ma cérémonie de départ ! M. le préfet allait me remettre la médaille du…
Amandine coupe court aux jérémiades du directeur :
– Avez-vous une idée où Rodolfo Serre a pu se réfugier ?
– Euh… chez son complice Loulou Ptoux, j'imagine.
– C'est ce que nous allons vérifier, dit Edgar en notant l'adresse. Avec ça, il nous faudra une photo de l'évadé.
Des Barreaux sort le cliché du prisonnier de son dossier. Amandine contemple la photo attentivement. Edgar s'impatiente et demande au directeur de leur faire voir de quelle cellule puis par quelle cour Rodolfo a mis les bouts.
– C'est tout vu, constate Amandine sur place. Il a même laissé un souvenir.

QUESTION

Comment Rodolfo s'est-il évadé et qu'a-t-il a perdu dans sa fuite ?

....

RODOLFO SERRE

MARDI
21
JUIN

2

UN TISSU DE MENSONGES

Peu après, les deux détectives se rendent chez Loulou Ptoux pour une visite-surprise. L'ancien complice de Rodolfo les reçoit de mauvaise grâce. Edgar n'y va pas par quatre chemins et passe à l'offensive :

– Rodolfo Serre est-il venu vous voir aujourd'hui ?

Ptoux fait des yeux ronds :

– Rodolfo ? Mais vous n'y pensez pas ! Il est en prison, et pour un bon bout de temps, j'espère ! Je n'ai aucune nouvelle de lui et c'est tant mieux. Je ne tiens pas à le revoir de sitôt. Ce type, c'est bien simple : chaque fois qu'il se pointe chez moi, il ne m'apporte que des ennuis.

Edgar et Amandine échangent un regard complice. Loulou Ptoux leur raconte des histoires, nul doute là-dessus. Rodolfo est bel et bien venu le voir, et pas plus tard que ce matin même ! Et qui sait, peut-être se cache-t-il encore dans l'appartement !

QUESTION

Qu'ont découvert Edgar et Amandine ?

. . . .

3

UNE MISE EN BOÎTE PRESQUE PARFAITE

C'est seulement quand Edgar et Amandine lui mettent leur trouvaille sous le nez que Loulou Ptoux avoue, penaud :
– Bon ben… d'accord, Rodolfo est passé ce matin. Je lui ai juste donné de quoi se changer, puis je lui ai dit de déguerpir. C'est la stricte vérité, je vous le jure.
Faut-il croire Loulou ? Par prudence, Amandine lui demande de leur faire voir l'atelier où Rodolfo Serre fabriquait ses fausses coupures. Ptoux refuse. Edgar menace de faire appel à la police. En traînant les pieds, Ptoux finit par aller chercher la clé.
– Je ne l'ai pas laissé entrer dans l'atelier, vous pensez bien. J'en ai suffisamment soupé avec ce gars-là. L'atelier, je m'en sers maintenant comme débarras, explique-t-il en ouvrant la porte.
Un courant d'air agite la lampe qui pend du plafond. Ptoux paraît perplexe. Poussant un gros juron, il montre la vitre brisée du local :
– Je suis sûr que ce sont ces satanés moutards qui, tout à l'heure, m'ont cassé les oreilles en jouant au ballon dans la cour.
– À une heure où ils devraient être en classe ! dit Edgar, dubitatif. Et où est donc le ballon, je vous prie ? Non, mon cher Ptoux, d'après ce que je vois, cette vitre a été brisée volontairement. Probablement par Serre qui, après son passage chez vous, a dû s'introduire ici. À la recherche de quelque chose de très précieux, je suppose.

QUESTION

Qu'est-ce qui prouve l'effraction ?

DETERGENT
LIQUIDE

4

DE QUOI METTRE LES BOUTS

Visiblement troublé, Loulou Ptoux va pour vérifier que rien d'important ne lui a été dérobé lorsque le téléphone sonne dans l'appartement. Il remonte en courant. Amandine se tourne vers Edgar :
– À ton avis, Rodolfo et Loulou sont-ils toujours de mèche ?
– Pas sûr. Mais qu'est-ce que Serre est venu chercher ici ?
– Certainement pas les faux billets. Après son arrestation, la police a passé l'atelier au peigne fin. En vain. Serre a dû les cacher…
Les pas pressés de Loulou Ptoux interrompent la réflexion d'Amandine.
– La voiture ! s'égosille-t-il, cramoisi. Elle a disparu ! C'est le concierge qui vient de me l'apprendre. Il ne reste plus que la bâche qui l'abritait.
– Mais quelle voiture ? demande Edgar.
– Eh ben, ce vieux tacot qui traînait au fond de la cour depuis une éternité. J'ignorais que c'était la bagnole de Rodolfo, je vous le jure ! Il a dû se sauver avec, l'espèce de… de… de…
La colère étouffe Loulou Ptoux et son deuxième juron de la journée.
Mauvaise nouvelle, se dit Amandine. Comment rattraper le faussaire en fuite sans avoir une idée de son véhicule ?
C'est alors qu'elle aperçoit sur le vieux secrétaire encombré une photo encadrée avec soin. Discrètement, elle la glisse dans son sac. Avant de faire une deuxième découverte non moins importante. Edgar suit son regard.
– C'est donc ça qu'il est venu chercher ici, murmure-t-il.

QUESTION

Quel objet a permis au faussaire de prendre le large ?

A CLASSER
TOP
WIN OR LOSE !
CLOUS
CAVE
DÉPÔT
DISSOLVANT
DISSOLVANT
ODETTE

5

CASSE-TÊTE

À quoi ressemble la voiture de Rodolfo Serre ? Loulou Ptoux prétend ne l'avoir jamais vue. Quant au concierge, il est parti faire une course.
Edgar et Amandine montrent la photo du faussaire à des gens dans la rue. Cinq personnes l'ont vu monter en voiture. Seulement voilà, les descriptions qu'elles fournissent du véhicule ne concordent pas toutes. Amandine a noté leurs témoignages. Attention : pour les indications “gauche” et “droite”, il faut se mettre à la place du conducteur.
Chauffeur de taxi :
– La voiture a une antenne radio. Le phare avant gauche est cassé. Je me souviens d'un G et un 2 sur la plaque minéralogique et d'un autocollant en haut à gauche sur le parebrise.

Facteur :
– Il s'agit d'un véhicule à deux portes. Le phare avant droit est cassé, l'aile avant droite enfoncée. Le numéro comporte un 0 et un 6.
Livreur de pizzas :
– Une antenne radio, deux rétroviseurs extérieurs, aile arrière droite enfoncée, un G et un 7 sur la plaque, ça, j'en suis sûr.
Joggeuse :
– L'aile arrière gauche était cabossée. Sur la plaque, il y avait un Z et un 3. Pas de rétroviseur intérieur, un seul rétroviseur extérieur.
Vieille dame :
– La voiture avait quatre portes. Le numéro comportait les lettres A et G et les chiffres 1 et 5.
À son retour, le concierge parcourt les cinq témoignages et déclare :
– Le facteur et la joggeuse se sont trompés, les autres ont vu juste.

QUESTION

Quelle est la voiture de Rodolfo Serre ?

6

AU VAL DES MARES

Inquiet, Edgar regarde sa montre. Le temps qu'il a fallu pour trouver à quoi ressemblait la voiture du fugitif a permis à ce dernier de prendre une belle avance. Pour se rendre où ?
– Ou plutôt chez qui, dit Amandine en lui tendant la photo qu'elle avait trouvée dans l'atelier de Ptoux.
– "Val des Mares", devine Edgar sur le portail à l'arrière-plan. C'est bien le nom de cette petite cité-jardin du côté de Héaut-Lénin ? Tu crois que Rodolfo a l'intention de se mettre au vert chez cette Odette ?
Amandine hausse les épaules.
– C'est une possibilité et c'est surtout la seule piste que nous avons.
Toutes les places du parking de la cité sont occupées. À première vue, aucun véhicule ne semble correspondre à celui décrit par le chauffeur de taxi, le livreur de pizza et la vieille dame. Quand finalement les deux détectives repèrent une voiture qui pourrait être celle de Serre, ils doivent déchanter en s'approchant. La plaque minéralogique ne peut être celle observée par les trois témoins.
Soudain, Egar éclate de rire. Amandine suit son regard et sourit à son tour.
– Pas bête, l'astuce de Rodolfo, on a failli tomber dans le panneau.

QUESTION

Quelle est l'astuce du faussaire et où a-t-il garé sa voiture ?

CITÉ-J
VAL
RÈGLEMENT
P
RO 1134
ILH 172
OV 3421
LX 2182
Les belles Plantes
1 VD 225
NO 3711
ZR 1585
LV 2275
BZ 7231

7

DANS LA NATURE

Edgar et Amandine parcourent les allées de la cité du Val des Mares. De pimpants cabanons en bois sont entourés de potagers proprets, des plates-bandes de fleurs multicolores bordent les pelouses impeccables. Mais le bourdonnement sourd des tondeuses à gazon étouffe le gazouillis des oiseaux, et l'odeur des saucisses grillées couvre le parfum des lilas.

– Bonjour la nature, ronchonne Amandine qui la préfère à l'état sauvage. Je préfère encore mille fois rester sur mon balcon.

Edgar ne dit rien. Il attend en se fiant à son expérience. Quand Amandine se met à pester, elle est souvent sur le point de faire une découverte.
– Aïe ! s'écrie-t-elle à ce moment même, il ne manquait plus que ça !
Edgar la voit se baisser et retirer de sa chaussure un petit caillou. Rageusement, elle le lance au loin. Et tout à coup, son humeur change, son visage s'illumine.
– Tu vois ce que je vois ? jubile-t-elle en donnant une tape amicale dans le dos d'Edgar. Je nous croyais déjà dans les choux mais là, on tient le bon bout – et notre homme par la même occasion.

QUESTION

Qu'est-ce qui trahit la présence du faussaire dans la cité du Val des Mares ?

. . . .

8

LES SALADES D'ODETTE RITHU

Amandine se dissimule derrière un massif d'hortensias pendant qu'Edgar s'approche de la maisonnette aux volets clos. Dans le bois de la porte d'entrée, un nom est gravé au couteau : Odette Rithu. Aucun bruit ne parvient de l'intérieur. Edgar décide de passer à l'action et frappe poliment. Rien. Alors qu'il s'apprête à toquer pour la troisième fois, il entend une clé tourner dans la serrure. Dans l'entrebâillement apparaît la tête d'Odette, visiblement mal lunée.

– C'est pourquoi ? lance-t-elle.

Edgar va droit au but et demande à voir Rodolfo Serre. Odette fait l'étonnée et s'emporte :

– Je n'ai jamais entendu ce nom-là, et pour ce qui est de la plaque, j'ignore qui a pu la flanquer dans ma poubelle.

Devant la mine sceptique d'Edgar, elle se ravise et change de tactique :

– Maintenant que j'y repense, j'ai aperçu ce matin un type assez louche rôder dans mon jardin.

– Vous pouvez me le décrire ?

– Il portait une veste rapiécée et une casquette à carreaux. J'ai remarqué aussi qu'il avait une balafre sur la joue droite et pas un poil sur le caillou. C'est tout.

Là-dessus, elle claque la porte au nez d'Edgar. Celui-ci sait maintenant qu'Odette ment, c'est évident ! Le prétendu rôdeur, c'est elle qui l'a inventé de toutes pièces.

QUESTION

Qu'est-ce qui cloche dans la description d'Odette Rithu ?

. . . .

9

UNE HISTOIRE DE DERRIÈRE LES FAGOTS

Depuis sa cachette, Amandine a suivi la conversation.
– Je suis persuadée que Serre se trouve toujours chez sa copine, pas toi ?
– Ça ne fait pas de doute. Malheureusement, il sait maintenant qu'il est repéré. Je me demande ce qu'il va encore inventer pour s'échapper. On a intérêt à ouvrir l'œil.
Les deux détectives s'installent à quelque distance du cabanon suspect. Leur patience est mise à rude épreuve. Le temps passe, et puis passe la camionnette des éboueurs qui ramassent les déchets verts déposés par les riverains. Il y en a tant que l'engin repasse pour un deuxième chargement de branchages savamment ficelés. Odette Rithu y apporte les siens qu'elle traîne à grand-peine jusqu'à l'allée avant de regagner son chez-soi.
La camionnette repartie, l'attente reprend. Edgar s'inquiète :
– Ça sent le coup fourré, glisse-t-il à Amandine. Garde l'œil sur le cabanon, moi je vais faire un tour au parking.
Deux minutes plus tard, le portable d'Amandine sonne. C'est Edgar !
– J'ai bien fait de me méfier, dit-il en toute hâte. Serre vient de monter dans sa voiture. Je prends la nôtre pour lui filer le train. Toi surtout, ne lâche pas Odette ! Il y a des choses pas nettes qui se préparent.
Edgar raccroche, laissant Amandine plantée au milieu de la verdure.

QUESTION

Comment Rodolfo Serre a-t-il réussi à tromper leur vigilance ?

. . . .

10

CRÉPUSCULE SUR LA CARRIÈRE

Edgar étant parti à la poursuite du faussaire, Amandine continue à surveiller la maisonnette d'Odette. Or, rien ne bouge et le soir commence à tomber. Amandine hésite, puis décide de rentrer en ville.
Cependant, avant de repartir, elle se faufile jusqu'à la maisonnette. Coup de chance ! Les volets, à l'arrière, sont entrebâillés. Amandine s'approche et aperçoit Odette, plongée dans la lecture de ce qui semble être un plan. Retenant son souffle, Amandine se hausse sur la pointe des pieds. C'est le plan de la carrière désaffectée qui jouxte le Val des Mares ! Un des bâtiments figurant sur le plan est marqué d'une croix.
D'un coup sec, Odette referme les volets et, munie d'un grand sac, elle quitte son cabanon au pas de course. Amandine s'attache à ses talons. À la lumière du soleil couchant, elle distingue au loin un ensemble de hangars abandonnés. Mais quand elle arrive sur place, elle a perdu la trace d'Odette Rithu. L'endroit est lugubre, le silence pesant. Le vent se lève et fait virevolter des nuages de sable. Le soleil bas est aveuglant. Amandine se protège les yeux. Comment savoir dans quel hangar Odette a disparu ? Soudain, elle se souvient…

QUESTION

Quel est le hangar où Amandine doit chercher la complice du faussaire ?

. . . .

11

DANS LE NOIR DU HANGAR

La boule rougeoyante du soleil plonge derrière l'horizon. Amandine se remémore le plan de la carrière. Une fois qu'elle s'est repérée, il ne lui faut guère de temps pour trouver le hangar marqué d'une croix sur le plan d'Odette.

À pas de loup, elle franchit la rampe d'accès et pénètre dans le hangar obscur. Prestement, elle se glisse derrière une machine. Odette est déjà là, faisant courir, telle une furie, le faisceau de sa lampe torche jusque dans les moindres recoins. Amandine se recroqueville autant qu'elle peut et rentre la tête dans les épaules. Pas moyen de voir ce qu'Odette est venue faire dans ce hangar mais, à l'entendre s'affairer fébrilement, Amandine comprend. La copine du faussaire est à la recherche de quelque chose !

Et ce quelque chose, Odette semble enfin l'avoir trouvé au bout d'un certain temps. Car tout à coup, c'est le silence, suivi d'un cri de triomphe. Puis la porte du hangar se referme et les talons d'Odette claquent sur le bois de la rampe.
Amandine s'extirpe de sa cachette et allume sa lampe de poche. Nul doute : Odette a réussi à mettre la main sur ce qu'elle recherchait. Selon toute probabilité, les liasses de faux billets dissimulées ici par Rodolfo Serre avant son arrestation.

QUESTION

Qu'est-ce qui indique que les fouilles d'Odette ont été couronnées de succès ?

....

12

DERNIÈRE LIGNE DROITE AVANT LE DÉPART

À son tour, Amandine se dépêche de quitter le hangar. Dans la pénombre, elle distingue au loin la silhouette d'Odette et la suit. Pourquoi donc Odette retourne-t-elle à sa maisonnette ? La suite des événements nous l'expliquera peut-être.
À peine rentrée, Odette ressort, chargée cette fois d'un grand sac de voyage. Amandine repense à ce qu'Edgar lui a dit au téléphone. En effet, il avait raison. Elle sort son portable pour l'appeler. La batterie est déchargée ! Même pas moyen de lui envoyer un texto. Amandine s'en veut : grave faute professionnelle ! Et Odette qui court avec le pactole de faux billets et ses affaires de plage, probablement, à la rencontre de son prince charmant et des mers du Sud !

Odette se dirige vers l'arrêt des autobus en face de la cité du Val des Mares. L'agent Barque ! Pourquoi ne pas y avoir pensé plus tôt ? Amandine se précipite dans la cabine de téléphone et tapote le numéro du commissariat. Au bout de quelques sonneries qui lui paraissent interminables, le planton de service répond.

– Je regrette, madame, lui dit-il, l'agent Barque vient de partir pour une mission confidentielle de la plus haute importance. Puis-je prendre un message pour lui ?

Amandine raccroche car un bus vient d'arriver et Odette monte dedans. Amandine court et s'y engouffre à la dernière seconde. Les portières se referment, le bus repart.

QUESTION

Où va le bus qui transporte Odette et Amandine ?

13

TERMINUS AU TERMINAL

En cette veille de vacances, le hall de départ de l'aéroport ressemble à une fourmilière. Les passagers se bousculent devant les comptoirs d'embarquement. Des disputes fusent à propos de qui a la priorité sur qui dans la queue.
– Maman ! hurle un petit garçon en pleurs perdu dans la foule.
Délaissant sa filature, Amandine le prend par la main et l'emmène avec elle.
– On demande à la maman du petit Émile de bien vouloir se présenter au comptoir d'informations, annonce peu après une hôtesse par haut-parleur.
Une main se pose doucement sur l'épaule d'Amandine.
– Tu es la meilleure, lui murmure Edgar.
L'agent Barque confirme ses dires par un sourire moustachu.
– Et Rodolfo et son Odette ? demande Amandine.
L'agent Barque fait cliqueter deux paires de menottes.
– Je les cueillerai tout à l'heure au terminal B, grâce à vous deux. Retour en cabane pour Rodolfo Serre. Accusation de complicité pour Odette Rithu. Finis les rêves de cocotiers et de plages de sable fin. Et pour fêter ça, je vous invite à un barbecue chez moi, au Val des Mares. C'est en pleine nature. Je suis sûr que ça vous plaira.
Edgar fait un clin d'œil à Amandine. Elle acquiesce en souriant.
L'enquête est terminée, ils tiennent enfin les malfrats.

QUESTION

Où se trouvent Rodolfo Serre et Odette Rithu ?

. . . .

AIRPO
AIR BELLA
SHOPPIN
RESTAURAN
DAKAR
LAS PALMAS
NIS
TAI
LAS PAL
Restauran
PRESSE

CIRQUE
HONFLEX

MENACES SOURNOISES SUR LE CIRQUE HONFLEX

Ça ne tourne pas rond au cirque Honflex ! Selma Neige, la directrice, est au bord du désespoir, les artistes vivent dans l'angoisse. Depuis quelques jours, une main mystérieuse fait disparaître leurs outils de travail ou les casse carrément. Sans les accessoires nécessaires pour leurs numéros, les artistes se retrouvent au chômage technique.

Selma Neige se ronge les sangs. Au train où vont les choses, il ne lui restera bientôt plus qu'à plier son chapiteau, voire à annuler toute la tournée.

La directrice se creuse les méninges. Qui se cache derrière cet infâme sabotage ? Qui veut la ruine de son établissement ? Un concurrent jaloux de la popularité dont jouit le cirque Honflex ? Non, même sa rivale la plus coriace, Kadija Louze-Desôtres, la patronne du cirque Hullère, ne s'abaisserait pas à de tels agissements. Alors qui ? Pour en avoir le cœur net et sauver son cirque, Selma Neige lance un SOS à l'agence Lenoir et Blanc. Edgar et Amandine réussiront-ils à traquer la force du mal qui rôde dans l'ombre du chapiteau ?

1

QUELLE VIE DE CHIEN !

Selma Neige connaît à fond son métier. Et pour cause ! Depuis cinquante ans, cette enfant de la balle, fille unique du célèbre couple de funambules Tric-Trac, mène son cirque à la baguette et jusqu'aux quatre coins du pays. Le programme est de la meilleure tradition, les numéros sont éprouvés. Un peu trop peut-être, selon certaines voix critiques qui leur reprochent leur caractère désuet. Elles réclament du neuf, du jamais vu, du vent frais sous le chapiteau, de quoi décoiffer les jeunes générations. Oleg Rolar partage cet avis. Recruté récemment par Selma, ce dresseur de porcelets de Chine fait un triomphe avec son numéro. Le public se régale avec les cochons mignons, et Oleg Rolar savoure sa gloire. Cela lui aurait-il donné la grosse tête ? Toujours est-il qu'il déborde d'idées pour un spectacle entièrement nouveau. Afin de les réaliser, il a même proposé à Selma Neige de lui racheter son cirque.

– C'était la semaine dernière, raconte-t-elle aux deux détectives. J'ai refusé. Depuis, un ennui suit l'autre. Voici les plus récents : hier, Éva Castro, la jongleuse, a trouvé ses assiettes cassées en mille morceaux. Ce matin, Pippo, le clown, découvre que ses nez rouges ont disparu, et tout à l'heure, on a volé les chaussons de l'écuyère.

Sur ces entrefaites, Vanessa Kapuce arrive en pleurant. Quelqu'un a tondu ras ses cinq caniches ! Apeurés et tremblants, les pauvres chiens ont fui. Edgar et Amandine se mettent à leur recherche.

QUESTION

Où se cachent les cinq caniches de Vanessa Kapuce ?

Avant
Après
L'AGRANDE URSULE
CIRQUE HONFLEX
SE
CIRQUE HONFLEX
CIRQUE HONFLEX

2

LA JONGLEUSE N'EST PAS DANS SON ASSIETTE

Pendant que Vanessa Kapuce câline tristement ses caniches rasés de près, les deux détectives se retirent derrière le chapiteau pour faire un premier point de la situation.

– Résumons, dit Amandine. Oleg Rolar propose de racheter le cirque. Selma Neige refuse. À partir de ce moment-là, les ennuis pleuvent. Vengeance ou simple coïncidence ?

– Va savoir, dit Edgar. Allons voir ce que peuvent nous apprendre les artistes lésés. Je propose qu'on commence par la jongleuse.

Dans sa roulotte, Éva Castro sanglote, le cœur brisé :

– Mes assiettes sont en miettes, le dégât est irréparable. C'est un modèle spécial, difficile à trouver. Qu'est-ce que je vais devenir ?

Edgar essaie de la réconforter :

– Allez, courage, il n'y a pas de quoi faire tout un plat de quelques assiettes cassées. Racontez-nous plutôt comment ça s'est passé.

– Hier soir, vers 11 heures, alors que je venais de me coucher, on frappe à ma fenêtre. Je me relève, je regarde : personne. Je mets mes pantoufles, je commence à faire le tour de la roulotte et là, j'entends ce bruit de vaisselle qu'on casse. La première frayeur passée, je rentre chez moi pour découvrir ce spectacle de désolation. Je n'ai pas encore eu la force de balayer les débris.

Amandine arbore un sourire de satisfaction : elle a trouvé un indice !

QUESTION

Quel est l'objet laissé par mégarde sur le lieu du délit ?

3

LE CLOWN FAIT LA GRIMACE

Content de la trouvaille de sa collègue, Edgar empoche l'arme du crime et salue l'artiste qui laisse éclater sa colère :
– Si je l'attrape, celui qui m'a fait ça, il aura mon poing dans la figure. Parole d'Éva Castro !
– Et d'une ! dit Amandine, en se dirigeant vers une autre roulotte. Voyons voir si nous avons autant de chance chez la deuxième victime.
En dépit du beau soleil, le clown Pippo, qui est en train de nettoyer ses chaussures crottées, paraît de fort mauvais poil.
– Alors, elle avance, cette enquête ? lance-t-il aux deux détectives. Il faudra retrouver ma collection de nez au plus vite. Ils sont faits sur mesure, et sans nez rouge, je vous assure, je ne fais rire personne.
– Je vous crois sur parole, lui répond Edgar. Mais racontez-nous…
– Ce qui s'est passé ? C'est simple. Hier soir, je suis allé voir ma sœur qui habite en ville. Comme tous les ans quand le cirque passe par ici. Au moment de repartir, il s'est mis à pleuvoir à torrents. Aussi, je suis resté dormir chez ma sœur. Ce matin, quand je suis rentré, tout était encore détrempé. Regardez mes chaussures. Voyant que je n'avais plus de café, je suis allé prendre le petit-déjeuner chez Ivan dans la roulotte à côté. C'est seulement après, sur le coup de 10 heures, que je me suis rendu compte qu'on m'avait volé mes nez.
– Le vol a eu lieu cette nuit, dit Edgar à la face du clown éberlué.

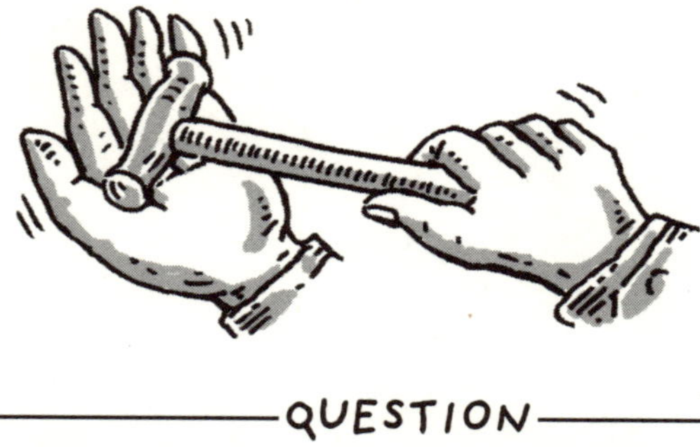

QUESTION

Comment Edgar est-il arrivé à cette conclusion ?

PIPPO
CIRQ
HONFLE
PIPPO

4

DU LARD OU DU COCHON ?

Edgar demande à Pippo de ne pas piper mot de sa découverte.
– Si je mets la main sur l'énergumène qui m'a chipé mes nez, je lui ferai passer l'envie de rire pour un bon moment, annonce le clown. En tout cas, merci mille fois, vous avez été remarquables.
– Et de deux, dit Amandine, songeuse, en emboîtant le pas à Edgar qui fonce vers l'atelier d'accessoires du cirque. Plutôt une petite pointure, tu as remarqué ?
Or Edgar ne l'entend pas, il n'a qu'une seule idée en tête : cuisiner Oleg Rolar, le dresseur de porcelets de Chine.

– Entrez, je vous attendais, les accueille Oleg qui donne une dernière couche de peinture au carrosse doré de ses petits cochons.
Et en poussant maints soupirs, il raconte aux deux détectives ses projets pour renouveler le programme du cirque, ses déboires avec Selma Neige, son espoir d'amener enfin la directrice à la raison.
– C'est dans son intérêt, vous comprenez ? Sans moi, le cirque court à sa perte et mes compagnons artistes se retrouveront sur la paille.
Sa plaidoirie lui fait venir les larmes aux yeux. Larmes de crocodile, se dit Amandine. Oleg Rolar est un dur à cuire, un opportuniste au sourire carnassier et aux dents longues. Ce qu'elle voit alors – ou, plutôt, ce qu'elle ne voit pas – semble confirmer son jugement.
– Merci de toutes ces révélations, cher monsieur, lui dit-elle en prenant congé, mon collègue et moi en tiendrons bien compte.

QUESTION

Qu'est-ce qui manque dans l'atelier ?

. . . .

5

PARTIE À TIRE-D'AILE !

Edgar rejoint Amandine devant l'atelier au bout d'un petit moment.

– Un coup pour rien, soupire-t-il. J'ai eu beau travailler Rolar, il persiste à dire que l'outil manque depuis hier et qu'il n'a pas la moindre idée de qui a pu le subtiliser.

– Ça te surprend ? s'étonne Amandine. Oleg Rolar essaie de nous rouler dans la farine. Pour moi, c'est lui le premier suspect. Il veut la ruine du cirque afin de pouvoir le racheter à Selma Neige pour une bouchée de pain.

C'est alors qu'un homme coiffé d'un chapeau haut de forme se précipite vers eux, affolé, et se présente :

– Je suis Gontrand de Vouvoyre, le magicien. Venez vite, je vous prie !

Au pas de course et en poussant des “Chenapans ! Vauriens ! Malotrus !” tonitruants, il les entraîne jusqu'aux cages de ses colombes blanches.

– Regardez-moi ça ! rugit-il, toutes les portes sont ouvertes et mes chères colombes envolées ! Je suis prêt à manger ma baguette magique si ce n'est pas encore un mauvais tour qu'on essaie de nous jouer.

En effet, les douze cages sont vides. Comment le magicien pourra-t-il faire son numéro ce soir ? Or, à force de roucoulements, Gontrand de Vouvoyre réussit à charmer ses colombes. Elles reviennent comme par enchantement pour se poser sur ses épaules. Toutes, sauf une !

– Elle a toujours eu l'esprit d'indépendance, sourit le magicien.

QUESTION

Comment s'appelle la colombe éprise de liberté ?

. . . .

Baba
Guilli-guilli
Pupuce
Dada
Lascar
Froufrou
Doudou
Cracra
Victoire
Sissi
Gaga
Herminione
GRAINES

6

L'ÉCUYÈRE REMONTÉE

Le magicien est rasséréné. Doucement, il remet les onze colombes dans leurs cages. Et la douzième, s'inquiète Edgar, ne lui manquera-t-elle pas pour son spectacle ? Gontrand de Vouvoyre le rassure :
– Les colombes, il faut leur ficher la paix, sinon c'est la guerre. La petite qui s'est envolée me l'a bien fait comprendre. Hier soir encore, elle a refusé de sortir de mon chapeau. Elle a un sacré caractère, je vous dis. Avec ça, elle ira loin. Ne vous en faites pas pour mon numéro, j'ai plus d'un tour dans mon chapeau, vous verrez ! Maintenant, veuillez bien m'excuser, je dois m'occuper de mes lapins.
Sur ce, le magicien plante là les deux détectives. Le mystère reste entier. Pour l'élucider, il ne leur reste plus qu'une dernière piste, celle de l'écuyère. Qu'est-ce qu'on lui avait volé au juste ?
– Mes chaussons, déclare Monica Zak en accueillant les Lenoir et Blanc dans sa roulotte. Je les avais posés en haut de l'étagère là-bas, voyez ! Après l'entraînement de ce matin, j'ai ramené les chevaux à l'écurie. Puis je suis rentrée chez moi. Je me suis changée, j'ai déjeuné et je me suis couchée. J'étais épuisée, mon nouveau numéro me demande beaucoup d'efforts. Comme d'habitude, j'avais fermé ma porte à clé. J'aime avoir ma tranquillité. Quand je me suis réveillée, les chaussons avaient disparu. Comme par magie ! Vous me suivez ?
De toute évidence, l'écuyère soupçonne Gontrand de Vouvoyre.
– Ce vol n'a rien de magique, réplique Edgar, voyez vous-même !

QUESTION

Comment les chaussons de Monica Zak ont-ils été dérobés ?

....

7

EN FIN DE COURSES

Les deux détectives décident de se séparer. Amandine continuera ses recherches sur place, Edgar suivra discrètement Oleg Rolar. En effet, ce dernier vient de monter dans la camionnette du cirque. Edgar hèle un taxi.
La camionnette se dirige vers le centre-ville. Son conducteur ne semble pas se douter qu'il est suivi. Le véhicule pénètre dans le dédale des rues de la vieille ville, le taxi reste bloqué derrière un camion de déménagement. Edgar préfère continuer à pied. Il finit par repérer la camionnette garée sur la place Idémuzo. Rolar ne doit pas être loin.
Tout juste ! Il est en train de poster quelques lettres. Ensuite il disparaît dans une quincaillerie. Il la quitte quelques instants plus tard par une porte latérale en fourrant quelque chose dans sa poche. Edgar le voit traverser la rue pour entrer dans un magasin de chaussures. En ressortant, Rolar tourne à gauche, passe devant trois maisons et s'arrête. Le nez plongé dans le journal, il manque de se faire renverser en traversant. Devant le troisième commerce, il s'arrête de nouveau. Il regarde longuement la vitrine, puis se ravise, traverse la place, achète un grand bouquet de roses avant de retourner à la boutique qui avait attiré son attention peu avant. Il pousse la porte.
Vingt minutes passent, Edgar commence à s'inquiéter. Enfin Rolar réapparaît, un large sourire aux lèvres. Il emprunte une ruelle à sa gauche, la traverse et disparaît derrière la porte du deuxième bâtiment.

QUESTION

Où le dresseur de porcelets de Chine s'est-il rendu ?

CAFE-EFFRA
Teinturerie
M Place Idémuzo
L'ami des bêtes
POSTE
JOACHIM CAILLIER & Co
Rivages Voyages
AUBERGE DE LA TREILLE D'OR
Aux TAPIS VOLANTS
CYBER-CAFÉ
C'EST LE BOUQUET
AUBEGFIN
A.VOCAT
Banque HO
JOURNAUX

8

LA GRANDE OURSE NE BRILLERA PAS CE SOIR

Quand Edgar retourne enfin au cirque Honflex peu après le dresseur, il est abattu.
– Encore un coup d'épée dans l'eau ! soupire-t-il. Ou bien Rolar a réussi à me mener en bateau ou bien son excursion en ville était parfaitement anodine. Quoi qu'il en soit, ma chère Amandine, j'ai le sentiment que cette enquête risque de nous donner encore pas mal de fil à retordre.
Amandine partage son avis. Pendant l'absence d'Edgar, elle a fait le tour du chapiteau en compagnie du régisseur. Il n'a pas constaté la moindre anomalie. Les câbles en acier sont intacts, le filet des acrobates ne révèle aucun trou suspect, la piste est fin prête pour le spectacle de ce soir.
Dans leur tribune, les musiciens de l'orchestre achèvent leur répétition, sous la coupole, la funambule Melba Lancier s'élance debout sur son vélo pour finir son échauffement. Bientôt, tout le monde va se préparer pour la représentation. C'est alors que Melba pousse un cri d'épouvante. Une fourche à la main, le dompteur d'ours Ivan Sapot vient d'entrer en trombe et se précipite vers Amandine.
– Venez voir ce qu'on a fait à mon Ursule ! Vite, je crains le pire !
La grande ourse gît endormie dans sa cage. Son dompteur lui caresse la truffe en montrant à Amandine un tube de somnifères vide.
– J'ai retrouvé le dernier comprimé dans sa gamelle. C'est cuit pour notre numéro de ce soir. Si j'attrape le coupable, je lui fais la peau !
Amandine inspecte les abords de la cage et fait une étrange trouvaille.

QUESTION

Qu'a découvert Amandine ?

LA GRANDE URSULE

9

C'EST À NORBERT QU'ON FAIT PORTER LE CHAPEAU

Amandine fait tourner le petit chapeau pointu dans sa main.
– On l'a vu en arrivant ici, tu te souviens, Edgar ? Viens, on va aller s'entretenir avec la propriétaire du nasique.
– Nasique, du latin *nasica*, au grand nez, dit Edgar en se remémorant ses notions de zoologie. Petit singe originaire de l'île de Bornéo. Le mâle se distingue par son nez proéminent auquel il doit son nom. Le nasique est herbivore, il se nourrit de bourgeons et de…
– Foin de tes explications savantes pour le moment ! l'interrompt gentiment Amandine. Demandons plutôt à la directrice où habite la maîtresse de ce singe charmant.
– Marietta Cran ? dit Selma Neige. Sa roulotte est juste derrière. Mais attention ! C'est quelqu'un qui n'aime pas qu'on lui marche sur les pieds. Une capricieuse de première ! L'amabilité n'est pas son fort.
Marietta Cran reçoit les deux détectives fort aimablement.
– Merci mille fois de me rapporter le chapeau de mon petit Norbert ! Le coquin s'est échappé cet après-midi pendant l'entraînement. Le lacet de ma chaussure s'était cassé, j'ai dû le remplacer. Norbert en a profité pour se sauver. Quand il est revenu, il n'avait plus son chapeau. Ah, les singes ! c'est pire que des enfants. J'espère toutefois que vous viendrez nous admirer tout à l'heure.
Se retrouvant seul avec Amandine, Edgar gratte sa barbe naissante.
– Il y a quelque chose qui cloche dans son récit, tu es bien d'accord ?

QUESTION

Pourquoi Amandine doit-elle donner raison à Edgar ?

MARIETTA

10

… COMME UNE ARRACHEUSE DE DENTS !

Plus qu'une demi-heure avant le début de la représentation ! Le public commence à affluer devant la caisse.
– Et si on s'était trompés du tout au tout ? dit Amandine à Edgar. Tu as vu le bouquet de roses dans la roulotte de Selma Neige ? Pourquoi Oleg Rolar offrirait-il des fleurs à sa directrice si ce n'est pour lui remonter le moral ? Quant à Marietta Cran, par contre…
Amandine laisse à Edgar le soin d'aller au bout de sa pensée.
– Entendu, dit-il. Retournons la voir. C'est toi qui l'interroges.
L'artiste est en train de se vernir les ongles. Norbert, le nasique, suit sans broncher le mouvement du pinceau. Amandine attaque :
– Vous voulez bien me résumer votre emploi du temps, madame ?
Marietta Cran sursaute. Ce n'est pas ainsi qu'on parle à une vedette !
– Chère mademoiselle, réplique-t-elle, froissée, sachez que j'ai passé ma journée jusqu'à l'entraînement de cet après-midi en compagnie d'un livre extraordinaire. Je l'ai avalé d'une seule traite.
– Comment s'appelle-t-il ? demande Amandine, l'air intéressé.
– *Les Aventures de Justine Caspié de Pluce*. Je vous le conseille vivement. Maintenant, si vous vouliez bien me laisser me concentrer…
Amandine se retire. Elle en a assez entendu – et vu ! – pour trouver ses soupçons confirmés. Marietta Cran est une menteuse éhontée.
– Bravo, Amandine ! lui murmure Edgar. Tu as plus de nez qu'un nasique d'Asie. Marietta Cran nous fait des entourloupettes.

QUESTION

Qu'est-ce qui prouve qu'Amandine n'a pas l'œil dans sa poche ?

Les Aventures
de

11

À PLEINS FARDS !

Tout porte à croire que l'auteur des déboires du cirque Honflex n'est autre que la maîtresse de Norbert. En attendant d'en avoir la preuve, les Lenoir et Blanc décident de la surveiller étroitement. Marietta Cran sait maintenant que les deux détectives la soupçonnent. Pour ne pas se faire prendre par eux en flagrant délit, elle va sûrement arrêter ses machinations. Alors, quelle meilleure preuve de sa culpabilité que le retour au calme ?

– À moins que… dit soudain Amandine en se mettant à courir, suivie d'un Edgar aussi alarmé qu'elle et qui a lu sa pensée.

Hélas ! rien ne leur sert de courir, ils auraient dû y penser plus tôt. Ils trouvent la porte de la roulotte grande ouverte et l'intérieur sens dessus dessous. Marietta a préféré plier bagages avant d'être inquiétée. Son costume de scène traîne par terre ; sur la table s'étalent toutes sortes de tubes et pots de maquillage.

– La garce n'a pas lésiné sur le grimage pour changer de tête, observe Amandine.

– Et elle a lâchement abandonné son singe, constate Edgar.

En effet, Norbert est attaché par une corde au pied du lit. Edgar le libère. Aussitôt, le nasique lui saute sur la casquette en caquetant haut et fort ses malheurs.

– Eh bien, mon petit, soupire Edgar, pour retrouver ta maîtresse…

– Il nous faudra juste un annuaire de téléphone, sourit Amandine. Si Selma Neige n'en a pas, il suffira d'appeler les renseignements.

QUESTION

Où Marietta Cran est-elle allée se cacher ?

. . . .

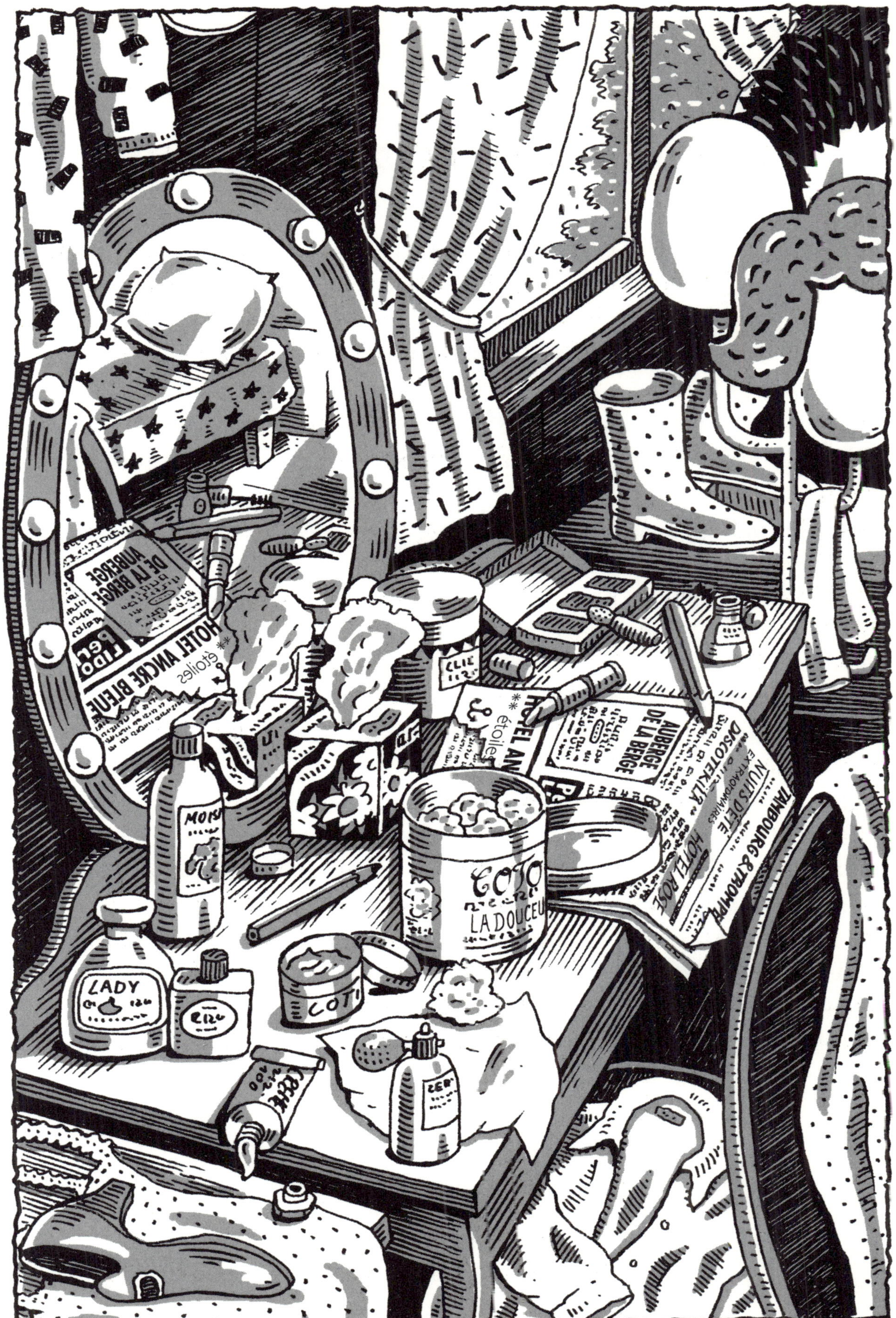
HOTEL ANCRE BLEUE
** étoiles
AUBERGE DE LA BERGE
DISCOTEKILA
NUITS D'ETE
EXTRAORDINAIRES
HOTEL ROSE
LADY
COTO
LA DOUCEUR
COTI

12

DE QUOI SE FAIRE DES CHEVEUX

Avant de partir à la recherche de Marietta Cran, Edgar et Amandine confient Norbert à Selma Neige. Et ils demandent à la directrice de ne pas ébruiter l'affaire. Qui sait si Marietta n'a pas de complice dans la troupe ? Puis Edgar téléphone à l'agent Barque pour lui donner rendez-vous à l'hôtel Ancre bleue.

L'établissement se trouve dans une rue borgne du quartier du port. Façade lézardée, volets rafistolés, enseigne à peine perceptible, lumière glauque.

– Pas vraiment ce qu'on appellerait un havre de paix, murmure Amandine en poussant la porte.

La réceptionniste, plongée dans la lecture de l'*Ami turfiste*, ne daigne même pas lever les yeux.

– Excusez-moi, madame, lui dit Edgar, auriez-vous l'amabilité de nous dire si vous avez accueilli une nouvelle cliente ce soir ?

– On ne fournit pas de renseignements sur notre clientèle, réplique la réceptionniste sur un ton revêche.

Edgar insiste, redoublant d'amabilité, la réceptionniste se laisse amadouer et confie :

– Il y a actuellement quatre femmes à l'hôtel. Une brune aux cheveux bouclés dans la chambre 11, une blonde aux cheveux longs dans la 5, une aux cheveux noirs coupés en brosse dans la 14 et une blonde aux cheveux courts dans la 27. Le reste, c'est des hommes. Des marins, des négociants… Mais attendez ! Où courez-vous ?

Edgar, qui vient de se souvenir d'un détail, s'enfonce dans l'escalier.

QUESTION

Vers quelle chambre se dirige-t-il ?

ANCRE BLEUE
RIVÉ
HOTEL ANCRE BLEUE
EXCURSION EN BATEAU
CHAMBRES LIBRES
1 2 3 4
6 7 8
11 12

13

C'EST VRAIMENT GONFLÉ !

L'agent Barque débarque dans la chambre de Marietta Cran.
– En voiture ! lui ordonne-t-il. Nous allons procéder à une confrontation avec les personnes que vous avez lésées.
En voyant descendre de la voiture de police sa fourbe employée, Selma Neige se met à trembler d'indignation.
– Ingrate ! Scélérate ! Femme sans foi ni loi ! Qu'est-ce qui vous a pris de vous en prendre à nous ?
– C'est votre faute ! s'écrie l'incriminée en laissant éclater sa hargne.
– Ma faute ? s'étonne Selma Neige.
– Parfaitement. Si vous n'aviez pas engagé ce Rolar et ses jambonneaux sur pattes, Norbert et moi serions restés les coqueluches du public. Il n'y en avait plus que pour ces ridicules cochons et leur maître qui n'a d'yeux que pour eux. Je voulais le faire partir. Oleg était furieux que vous refusiez de lui vendre votre cirque, tout le monde le savait. Alors forcément, en semant la pagaille, j'étais sûre qu'on allait le soupçonner en premier. J'espérais que vous le mettriez à la porte ou qu'il partirait de son propre gré.
Et pour ne rien cacher, Marietta raconte qu'elle avait dressé Norbert pour qu'il lui donne un coup de patte. Dans le tollé général qui suit ses aveux, personne ne remarque qu'elle s'éclipse de nouveau. Quand l'agent Barque veut l'emmener au poste, elle est introuvable.
Sauf pour Amandine et Edgar. Et pour vous, évidemment !

QUESTION

Où se cache Marietta Cran ?

....

PIPPO
Mélu
HA

LE VOL DU TRIJOLET

Imaginons une trompette à trois cornets. Eh bien oui, c'est inouï, du jamais entendu encore. Ce nouvel instrument à vent, le trijolet, c'est son nom, risque de faire du bruit dans le monde de la musique. Son inventeur, Samson Diapason, en est convaincu. L'instrument qu'il vient de mettre au point après de longues années de recherches fera son entrée tonitruante dans les orchestres du monde entier. C'est du moins ce que Samson Diapason espère. Le trijolet signifie pour lui l'aboutissement de sa carrière de facteur d'instruments de musique.
Après l'accordéon à queue et l'orgue à bretelles, le génial Diapason est invité à présenter sa dernière invention au grand festival des mélomanes de Tambourg-en-Paudevaux.
Hélas, la veille du grand jour, l'instrument a disparu !
Samson lance un appel de détresse à Edgar. En effet, le détective est un de ses anciens élèves du conservatoire et l'un des meilleurs interprètes de l'orgue à bretelles. Le temps d'aller chercher Amandine en voiture et voilà notre couple de choc parti pour une nouvelle enquête qu'il va falloir mener tambour battant !

1

C'EST DU CLASSIQUE !

À Tambourg-en-Paudevaux, Samson Diapason et son assistant Odilon Doy logaient à l'Orée du Bois, un hôtel cossu réputé pour son calme.
Depuis leur arrivée, le musicien s'exerçait sur sa nouvelle invention dès l'aube et jusque tard dans la nuit. Le son puissant du trijolet faisait vibrer son cœur et trembler les vitres de l'hôtel. Samson était tout à son art, les clients de l'hôtel, en revanche, étaient au supplice, leurs tympans éreintés par le bruit assourdissant. Ils s'étaient plaints à l'hôtelier qui en avait fait part à Odilon Doy. En vain, Diapason semblait ne rien vouloir entendre.
Puis, ce matin-là, la veille de la première représentation, Samson Diapason s'était levé à l'aube et avait manqué de tomber à la renverse. Le trijolet avait disparu ! Sur le pupitre où il avait laissé sa partition en se couchant, le musicien avait trouvé un message anonyme. Selon toute vraisemblance, il s'agissait d'un acte de vengeance.
Lorsque les deux détectives arrivent, Samson Diapason leur montre la photo du trijolet.
– Je l'ai rangé dans son étui vers minuit, explique-t-il. Mon assistant nous a préparé une tisane, puis nous nous sommes quittés pour aller nous coucher.
– En partant, j'ai entendu le professeur Diapason fermer la porte de sa suite à double tour, ajoute Odilon Doy. Je me demande bien comment le voleur a pu s'introduire pendant la nuit.
– C'est pourtant évident, dit Edgar, enfin, regardez vous-même !

QUESTION

Qu'est-ce qui n'a pas manqué de sauter aux yeux d'Edgar ?

TRIJOLET
RAS-LE-BOL DE VOTRE VACARME !
MUSIQ
TRIJOLE

2

C'EST DU PROPRE !

Samson Diapason est bouleversé :
– Cet hôtel m'a été recommandé pour son excellente réputation. Comment aurais-je pu imaginer que dans un tel établissement quelqu'un viendrait me voler le fruit de mon travail ?
– D'autant plus que la suite de monsieur le professeur se situe au premier étage, ajoute Odilon Doy.
Edgar, Amandine, Samson Diapason et son assistant descendent dans le jardin. Il a plu dru la nuit précédente, la terre est encore détrempée. L'échelle est là, appuyée contre le mur, à la verticale de la fenêtre de la salle de bains.
– Ceci explique cela, murmure Samson Diapason.
– Le voleur est monté par là, ajoute Odilon Doy, et en voilà la preuve !
Il désigne du doigt des empreintes de chaussures en bas de l'échelle.
– Félicitations, cher professeur, s'exclame Edgar, votre assistant ne manque pas de perspicacité. C'est un véritable œil de lynx !
– Mon petit Doy les vaut tous, acquiesce Diapason. Ce garçon est l'attention même. Que ferais-je sans lui ?
– Et moi donc, professeur ! ajoute Odilon Doy.
Amandine tire discrètement sur la manche d'Egar. Il la suit.
– Cette histoire d'échelle ne tient pas debout, lui glisse-t-elle à l'oreille. Le voleur veut nous emmener sur une fausse piste. Il n'est pas monté par là, j'en suis sûre et certaine.

QUESTION

Qu'est-ce qui donne raison à Amandine ?

3

DE QUOI SE METTRE EN APPÉTIT

Appuyé sur le bras de son assistant, Samson Diapason regagne sa suite. Il a les traits tirés, sa voix n'est plus qu'un souffle.
– Veuillez m'excuser. J'ai grand besoin de me remettre de mes émotions. Si vous voulez bien continuer vos recherches… Je compte sur vous.
– Soyez sans crainte, je veillerai sur le professeur, ajoute Odilon Doy.
Ils disparaissent derrière la porte. Edgar prend Amandine par le bras.
– Viens, j'ai faim et toi aussi, je parie. On n'a même pas eu le temps de prendre un petit déjeuner avant de partir. J'ai aperçu le buffet de l'hôtel en arrivant, il y a de quoi se régaler. Œufs brouillés, petites saucisses grillées, toasts croustillants… Tout ce qu'il nous faut pour recharger nos batteries. On en a besoin, l'affaire est tordue. Tu as raison, le vol du trijolet n'est pas le fait d'un dilettante. Mais qu'est-ce qu'il t'arrive ?
Edgar suit le regard d'Amandine. Un garçon d'étage parcourt le couloir du premier étage. Il ramasse les affaires que les clients ont déposées devant leur porte afin de les faire nettoyer : vêtements, chaussures, etc.
– Tu vois ce que je vois ? demande Amandine. Voilà une piste qui promet. Moi, j'y vais. Merci de me garder mon chocolat au chaud.
Edgar frissonne d'allégresse. Son appétit de détective prend le dessus.

QUESTION

Où la piste découverte par Amandine les mènera-t-elle ?

223
224
225
226
NE PAS
226
227
224

4

UN POIDS LOURD UN PEU LÉGER

Amandine s'est renseignée à la réception de l'hôtel et prévient Edgar :
– Attention ! Le client de la chambre en question est un certain Charles Martelle, boxeur professionnel, catégorie poids lourd.
– Qu'à cela ne tienne ! rétorque Edgar en faisant gonfler ses biceps.
– Laisse-moi faire, tu veux bien ? dit Amandine qui tient à son ami.
Elle frappe à la porte. Martelle ouvre et ne semble pas surpris de la visite des deux détectives. De son plus beau sourire de combat, Amandine l'invite à lui décliner son emploi du temps de la veille. Martelle s'y plie :

– C'est simple, dit-il. Je suis retourné hier soir à l'hôtel sous une pluie battante. Après une discussion orageuse avec mon impresario, j'avais besoin de prendre l'air. Je suis donc rentré à pied vers les 11 heures. En arrivant, j'ai glissé dans une flaque et je me suis rattrapé de justesse. Pas facile, avec un bras dans le plâtre. Par contre, mes chaussures toutes neuves ont pris un sacré coup de gadoue. J'espère qu'on arrivera à les ravoir…
– Au revoir, monsieur, dit sèchement Amandine qui en a assez entendu. Quel culot ! ajoute-t-elle à voix basse et à l'adresse d'Edgar.
– En effet, ce Martelle nous ment sans vergogne. Il n'a pas le bras cassé sous son plâtre, les signes ne trompent pas. Les as-tu remarqués ?

QUESTION

De quels signes Edgar veut-il parler ?

5

CHARME BUCOLIQUE ET BAIN DE FOULE

Amandine sursaute. Un bruit vient de la tirer de sa somnolence. Elle lève la main, vise et frappe. Raté ! Le moustique lui a laissé en souvenir une piqûre sur l'avant-bras. Amandine sent un début de démangeaison qui ne tardera pas à devenir insupportable. Quelle idée aussi d'être venus s'installer à côté de l'étang ! D'accord, cet endroit au fond du parc permet de surveiller les deux entrées de l'hôtel, mais encore faudrait-il pouvoir résister à l'ambiance soporifique de ce début d'après-midi.

Sur la chaise longue à côté d'elle, Edgar est en pleine sieste. Pourvu que pendant leur somme Charles Martelle ne se soit pas éclipsé ! Amandine se rend à la réception pour jeter un coup d'œil sur le tableau des clés de chambre : la clé de Martelle n'y est pas. Ni celles de Samson Diapason et de son assistant. Amandine apprend que l'inventeur du trijolet n'est même pas descendu à l'heure du repas.

– Quelle attente fatigante ! dit Edgar en bâillant.

C'est à 15 heures 28 que Charles Martelle quitte l'hôtel. Un taxi l'attend au portail. Edgar et Amandine le prennent en filature. Le taxi se dirige vers le centre-ville. Il est 15 heures 42 quand le boxeur descend du taxi place du Général-Patoultan. Les deux détectives réussissent à se garer, mais lorsqu'ils veulent traverser la place, un camion leur barre le chemin.

– Viens vite ! dit Edgar en prenant Amandine par la main à 15 heures 55, je crois que c'est lui que je vois.

QUESTION

Où est Charles Martelle ?

KOKLI & CO.
COMPUS
500
UNION TAMBOURGEO
DVD
BRASSE
SOLEI

6

LA PORTE APPORTE…

À bout de souffle, les Lenoir et Blanc arrivent au portail derrière lequel ils ont vu disparaître Charles Martelle. En fait, il s'agit de l'entrée d'un passage d'immeuble mal éclairé. Ils aperçoivent tout juste la silhouette du boxeur avant que la minuterie ne s'éteigne. Dans l'obscurité, ils entendent crisser les pas de Martelle, puis, tout de suite après, le boxeur semble grimper quelques marches. Amandine et Edgar distinguent le bruit d'une porte qui s'ouvre puis qui se referme violemment. Ensuite, c'est le silence, agrémenté du doux murmure d'une fontaine.

La cour herbue sur laquelle débouche le passage est entourée par plusieurs maisons. Pas de traces de Charles Martelle ! Où a-t-il bien pu entrer ?

– Comment savoir, avec toutes ces portes ? soupire Amandine. Ce qu'il y a de sûr, c'est qu'il a monté deux ou trois marches, je l'ai entendu nettement.

– Moi aussi, confirme Edgar, mais ça ne nous avance pas, aucune des portes ne se trouve de plain-pied avec la cour.

Il ferme les yeux pour mieux se remémorer ce qu'il a entendu : les pas de Martelle qui résonnent dans le passage, le gravier qui crisse, puis… Il rouvre les yeux et regarde autour de lui. Aucun doute possible, la maison dans laquelle est entré le poids lourd ne peut être que…

– Celle-là, dit Edgar en la montrant du doigt et en expliquant à Amandine comment il est arrivé à cette conclusion.

QUESTION

Quelle porte Charles Martelle a-t-il poussée ?

BICYCLETTES
C. CHOUETTE
SOLEIL
COUCHANT
CHEZ RASAD
Clinique
Dugenou

7

LA MÉTAMORPHOSE DU BOXEUR

À leur tour, les détectives montent les trois marches qui mènent au Soleil couchant. Ils se demandent pourquoi Charles Martelle a choisi d'entrer par la cour et non pas par l'accès principal, mais bon, il doit avoir ses raisons !
Il y a foule à la brasserie qui semble être un lieu de rencontre fort apprécié des Tambourgeois. Une serveuse souriante vient vers Edgar et Amandine :
– Une table pour deux ? Je vous demande de bien vouloir patienter un petit instant. La douze va se libérer d'ici cinq minutes. À moins que vous ne vouliez faire un petit tour et revenir un peu plus tard…
– Nous préférons attendre ici, nous avons rendez-vous avec un ami, répond Edgar, aussi souriant.
– Très bien, alors je vous garderai la dix-sept au premier étage.
Pendant la conversation entre Edgar et la serveuse, Amandine scrute la salle. Charles Martelle se trouve-t-il dans la foule des clients ? Apparemment non. Se serait-il senti poursuivi ? Aurait-il alors juste traversé la brasserie pour ressortir par l'autre porte ? La serveuse l'aurait-elle aperçu ? Amandine décide de lui poser la question.
– Désolée, regrette la serveuse. J'ai pris mon service il y a deux minutes seulement. Mais si je vois votre ami, je ne manquerai pas de lui dire que vous êtes arrivés. Je le reconnaîtrai facilement d'après la description que vous m'en avez faite.
À peine la serveuse s'est-elle éloignée qu'Amandine aperçoit un homme qui, sortant des toilettes, avance prudemment dans la salle. C'est Martelle ! quoique difficilement reconnaissable.
– Notre ami a changé de style en puisant dans sa garde-robe, glisse-t-elle à Edgar. Je reconnais certains éléments.

QUESTION

À quoi Amandine a-t-elle reconnu Charles Martelle ?

....

SORTIE
SOLEIL COUCHANT
ALABONNEVOTRE
VÔTRE
MENU
LACE
3

8

NOIR SUR BLANC

De leur table au premier étage, Edgar et Amandine ont une vue plongeante sur la salle du rez-de-chaussée. Ils voient Charles Martelle se diriger vers un monsieur rondelet qui semble l'attendre à une table. Les deux hommes commandent chacun un café…
– Je suis à vous, dit la serveuse, interrompant les deux détectives dans leur observation. Je peux prendre la commande ou vous préférez toujours attendre votre ami ?
– On ne l'attend plus, répond Edgar. Il a à faire ailleurs. Pour moi, ce sera un lait grenadine. Et toi, Amandine ?
– Un double jus de tomate bien relevé.
– Bien, madame, et je vous apporterai notre sauce piment maison.
Edgar ne lâche pas des yeux les deux hommes. Celui à l'embonpoint vient de sortir un stylo-bille de sa poche. On le voit marquer quelque chose sur une serviette en papier. Il arrache le bout et le donne à Martelle qui y jette un œil avant de le glisser dans sa poche. L'homme aux lunettes règle les consommations, Martelle lui passe le grand sac qu'il a apporté. Peu après, les deux hommes quittent le Soleil couchant, chacun par une sortie différente.

Edgar descend l'escalier quatre à quatre et ramasse discrètement la serviette en papier. Il remonte au moment même où la serveuse arrive avec son lait grenadine. Il sort un crayon à papier et commence à le passer délicatement sur la serviette. La surface se noircit, faisant apparaître en creux des bribes du message que le stylo-bille a imprimé. La serveuse arrache gentiment une feuille de son bloc.

– Tenez, dit-elle, c'est quand même mieux qu'une serviette pour écrire.

Elle n'a pas tort, cependant, ce que veut Edgar, c'est déchiffrer l'inscription.

QUESTION

Que dit le message laissé sur la serviette ?

. . . .

9

CHOPIN, MOZART OU OFFENBACH ?

Edgar regarde sa montre : 17 heures 09.

– Ça nous laisse le temps d'aller voir à quoi ressemble le lieu du rendez-vous. D'après le nom, on dirait un magasin de disques…

– Ou bien une association musicale, fait remarquer Amandine. Le tout, c'est de savoir où se trouve cette fameuse Clé de sol.

– Dans le quartier des musiciens, dit la serveuse venue pour encaisser. C'est à dix minutes à pied. Si vous voulez, je peux vous dessiner un petit plan.

Edgar et Amandine la remercient chaleureusement, puis ils payent et se mettent en route. Au bout de dix bonnes minutes de marche à pied, Amandine s'arrête, troublée.

– Il n'y a plus une seule plaque de rue. Tu veux bien me faire voir le plan, s'il te plaît ?

– Mais quel plan ? s'étonne Edgar. Ce n'est pas moi qui l'ai. J'étais persuadé que c'était toi qui l'avais pris.

Amandine se tourne vers une passante. La dame est charmante et d'humeur farceuse.

– Ne vous inquiétez pas, vous êtes bien dans le quartier des musiciens. La municipalité est en train de renouveler les plaques de rue, ce qui rend l'orientation un peu difficile pour ceux qui ne sont pas du coin. Je vais vous aider. En fait, c'est assez simple. Vous voyez le square là-bas ? Eh bien, vous le traversez. En ressortant, vous allez voir trois rues parallèles. Pour vous mettre sur la piste, je vous dis ceci : la rue Chopin est à droite de celle où se trouve La Clé de sol et la rue Offenbach est à droite de la rue Mozart. Vous m'avez suivie ? Parfait ! Allez, au revoir, et bon séjour à Tambourg !

QUESTION

Dans laquelle des trois rues Edgar et Amandine vont-ils trouver La Clé de sol ?

ROSSI
TOUT POUR LA MAISON

10

LA CLÉ DE SOL DE BAS EN HAUT

Les explications de la passante, quoique un peu alambiquées, les ont mis sur la bonne voie. Amandine et Edgar s'engagent dans la rue pour apercevoir un peu plus loin l'enseigne de La Clé de sol. Ils s'arrêtent devant la vitrine.

– Joli magasin, dit Edgar. Je me demande s'ils ont des orgues à bretelles.

– Allons voir, suggère Amandine, ça nous fait un excellent prétexte.

– Bonsoir, les accueille une voix d'alto depuis le comptoir, en quoi puis-je vous être utile ?

Amandine et Edgar échangent un regard rapide. Sur l'un des murs du magasin, ils viennent de découvrir un morceau du puzzle…

– Vous désirez voir un de nos instruments ? s'enquiert l'employée.

Edgar lui expose sa demande d'orgue à bretelles.

– Non, désolé, la maison ne fait plus cet article, il est passé de mode.

Piqué au vif, Edgar se rembrunit. Amandine sauve la situation :

– Je viens d'emménager dans un petit deux pièces, susurre-t-elle. Impossible d'y loger un piano à queue. Alors j'ai pensé qu'un accordéon pourrait peut-être meubler mes soirées solitaires.

Edgar lève les yeux au ciel, contenant le rire qui lui monte à la gorge. Les soirées d'Amandine sont loin d'être solitaires. Si elle ne les passe pas à travailler à l'agence, elle est sollicitée par son vaste cercle d'amis. Un peu trop, pense-t-il avec une pointe de jalousie. Et soudain, il y voit clair !

– Vous avez raison ! s'exclame l'employée en montrant à Amandine un accordéon miniature. C'est un bijou qui entre dans une boîte à chaussures.

L'achat conclu, ils sortent du magasin.

– Ça ne va pas ? lui demande-t-elle, je te trouve songeur.

– Ça va très bien, merci. Je viens de découvrir un autre morceau du puzzle.

QUESTION

Quelles sont donc ces découvertes ?

PRIVÉ
Schubert
LOCATION D'INSTRUMENTS DE MUSIQUE
1er PRIX DE L'ACADÉMIE FASOLLA décerné à MARCO SOLO
PARTITIONS
MOZART

11

PAS DE FUMÉE SANS FEU

En rentrant à l'hôtel, Edgar appelle Samson Diapason par téléphone pour prendre de ses nouvelles.
– Merci, mon cher Edgar, je vais déjà beaucoup mieux. Mon assistant s'est bien occupé de moi. Quel garçon dévoué ! Je lui ai donné sa journée de congé demain. Il la mérite amplement après tout le mal qu'il s'est donné. Vous voulez me faire faire une petite balade demain matin ? J'accepte avec grand plaisir ! Et tous mes compliments, Edgar ! Votre collègue est une personne délicieuse. Quelle finesse et euh… quelle intelligence du cœur. J'espère que vous en êtes conscient. Bonne soirée et à demain matin !
Le lendemain matin à 10 heures, Edgar, Amandine, Samson Diapason et l'agent Barque, appelé en renfort, se retrouvent devant La Clé de sol.
La porte du magasin est close. Une pancarte explique pourquoi.
L'agent Barque hausse ses sourcils broussailleux.
– Mais de qui se moque-t-on ici ? tonne-t-il de sa voix de basse.
– De nous tous, dit Amandine, mais vous allez voir ! On les tient !
– Je n'y comprends rien, se lamente Samson Diapason en se tournant vers Edgar. Vous m'aviez promis une jolie balade…
– Veuillez m'excuser, cher maître. À défaut d'être jolie, elle vous en bouchera un coin, réplique Edgar. Il y a du monde au magasin, suivez mon regard !
Déjà, Amandine et l'agent Barque se faufilent vers l'arrière du magasin.
– Je ne vois toujours pas, bredouille Diapason en frottant ses lunettes.

QUESTION

Qu'est-ce qui a échappé à la vue de Samson Diapason ?

LA CLÉ DE SOL
Nous n'acceptons pas les chèques
Leçons de Violon
Réparation
PARTITIONS
MOZART
SCHUBERT
Fermé Aujourd'hui en raison du FESTIVAL!

12

UN FINALE SANS FAUSSE NOTE

Edgar guide son vieux maître. Samson Diapason tient à peine debout.
– Où m'emmenez-vous ? murmure-t-il à grand-peine, pour se redresser tout à coup, l'oreille aux aguets. Edgar, il me semble avoir avoir entendu la voix de mon assistant. Dites-moi que je me trompe, je vous en prie !
Bien entendu, Samson Diapason ne s'est pas trompé, son ouïe fine a bien distingué la voix d'Odilon Doy à travers la porte. L'agent Barque s'avance et, d'un magistral coup de pied, fait valser la porte sur ses gonds.
– Au nom de la loi, je vous arrête ! Haut les mains et que personne ne bouge !
Odilon Doy, Charles Martelle et Marco Solo blêmissent. Adieu à la liasse d'argent au centre de la table !
Samson Diapason retrouve ses esprits. Le feu de la colère embrase son visage, ses prunelles lancent des éclairs.
– Bande de coquins minables ! éclate-t-il. Même si vous aviez réussi à me voler mon trijolet, jamais vous n'auriez pu en tirer un traître son ! Pour cela, il ne vous manque pas seulement la sensibilité mais aussi et surtout cela !
Samson Diapason en brandit la preuve, le trio baisse le nez.
– Je peux y aller, monsieur le professeur ? demande l'agent Barque en faisant cliqueter les menottes.
Samson Diapason hausse les épaules. Il est déjà ailleurs.
– Faites votre travail, monsieur l'agent, murmure-t-il. Je suis en train de penser à un violoncelle sur coussin d'air qui éviterait à ses exécutants tout risque de lumbago.
– Qu'est-ce qu'on fait ce soir ? demande Amandine à Edgar.
– On boucle l'affaire du trijolet et on dîne ensemble.

QUESTION

Quel est l'élément que détient Samson Diapason ?

SOLUTIONS

LE RÊVE DE RODOLFO SERRE

1. Des adieux déchirants
Après avoir scié les barreaux de sa cellule, qui se trouve dans le bâtiment de gauche, Rodolfo s'est laissé glisser le long du tuyau de la gouttière. Il s'est enfui en escaladant le mur qu'on voit derrière Amandine ; un lambeau de sa tenue de prisonnier est resté accroché à la clôture en fil de fer barbelé.

2. Un tissu de mensonges
De la poubelle sur le balcon dépasse la tenue de prisonnier de Rodolfo. Il lui manque le morceau arraché par la clôture.

3. Une mise en boîte presque parfaite
Edgar a aperçu une petite boîte par terre. Elle se trouve sur les bris de verre et non pas en dessous. Cela prouve qu'elle y est arrivée après que la vitre a été cassée et que quelqu'un s'est introduit dans l'atelier.

4. De quoi mettre les bouts
À l'intérieur du montant gauche du vieux secrétaire il y a trois crochets mais uniquement deux clés. Il manque celle de la voiture de Rodolfo.

5. Casse-tête
La voiture de Rodolfo est la numéro cinq. Sa plaque minéralogique : AG 5127.

6. Au Val des Mares
La moto sur la gauche n'a plus de plaque d'immatriculation, et contrairement à celle des voitures, elle est de forme carrée. Rodolfo l'a prise pour la monter sur sa voiture qui est garée sous l'arbre à droite et dont on devine le bas de l'aile et le pare-choc côté droit enfoncés.

7. Dans la nature
Rodolfo a glissé la plaque de sa voiture dans la poubelle du cabanon qui a des volets décorés de cœurs. Il y a donc de fortes chances qu'il se trouve à l'intérieur de la maisonnette.

8. Les salades d'Odette Rithu

Comment Odette peut-elle savoir que le rôdeur était chauve vu qu'il portait une casquette ?

9. Une histoire de derrière les fagots

Odette a caché Rodolfo au milieu des branchages et les éboueurs l'ont chargé sur leur camionnette sans se douter de rien. C'est ainsi qu'il a pu quitter la cité-jardin clandestinement.

10. Crépuscule sur la carrière

Pour retrouver le hangar qui est marqué d'une croix sur le plan, il suffit de s'orienter grâce au soleil. Étant donné qu'il se couche à l'ouest, le hangar est celui que l'on voit en bas à droite dans la carrière. On y accède par une rampe qui mène à l'étage.

11. Dans le noir du hangar

Odette Rithu a fouillé dans l'un des deux tas de sable qui se dressent au milieu du hangar. À l'origine, ils avaient la même taille ; après le départ d'Odette, celui qu'on voit sur la gauche a rapetissé.

12. Dernière ligne droite avant le départ

Quand Amandine monte dans le bus, on aperçoit un bout de la plaque qui porte le numéro de la ligne et qui est légèrement cachée par la portière de gauche. À l'arrêt suivant, grâce aux indications des différentes lignes, on peut en déduire que le bus va à l'aéroport.

13. Terminus au terminal

Odette vient de passer devant le kiosque et se dirige vers Rodolfo qui l'attend à gauche de l'escalier.

MENACES SOURNOISES SUR LE CIRQUE HONFLEX

1. Quelle vie de chien !

L'un des caniches s'est refugié dans la roulotte aux trois fenêtres, un autre à côté de la roue de la roulotte au premier plan, le troisième se fait caresser par le garçon assis sur le tonneau, le quatrième se cache derrière le tonneau et le dernier a cherché abri derrière le rideau d'entrée du chapiteau.

2. La jongleuse n'est pas dans son assiette

Parmi les assiettes cassées se trouve un marteau, voilà qui est très suspect !

3. Le clown fait la grimace

Edgar a remarqué des empreintes de chaussures qui mènent à la roulotte du clown. En regardant de près, il en a aperçu d'autres, plus petites, qui vont dans le sens contraire ! Les premières appartiennent sans nul doute à Pippo, les dernières à la personne qui a volé les nez du clown. Le fait que les traces laissées par les chaussures de Pippo se superposent aux autres prouve que le vol a eu lieu avant que le clown ne rentre de chez sa sœur.

4. Du lard ou du cochon ?

Sur le panneau où sont rangés les outils, il manque le numéro sept. Selon toute vraisemblance, il s'agit du marteau avec lequel ont été cassées les assiettes d'Éva Castro.

5. Partie à tire-d'aile

C'est Victoire qui a repris sa liberté.

6. L'écuyère remontée

Si Monica Zak a fermé la porte à clé, elle a laissé la petite fenêtre au-dessus de l'étagère entrouverte. Il suffisait d'aller à la pêche aux chaussons – à l'aide de la canne à pêche justement, qu'on aperçoit appuyée contre l'arbre.

7. En fin de courses

À la fin, Oleg Rolar a disparu derrière la porte du Café Effra, toutes ses courses ont dû lui donner soif.

8. La grande ourse ne brillera pas ce soir

Le petit chapeau pointu qu'Amandine vient de découvrir non loin de la cage d'Ursule appartient au petit singe qu'on voit avec sa maîtresse sur l'affiche du cirque page 37.

9. C'est à Norbert qu'on fait porter le chapeau

D'après Marietta, Norbert se serait sauvé en profitant de ce qu'elle était occupée à remplacer le lacet de sa chaussure. Mais quel lacet ? Ses chaussures n'en possèdent pas !

10. … Comme une arracheuse de dents

Encore un mensonge ! Marietta dit avoir fini les aventures de Justine Caspié de Pluce. Or, le marque-page prouve qu'elle en est encore au début.

11. À pleins fards !

Sur la coiffeuse, au milieu des affaires de maquillage, se trouve un journal de petites annonces. Un bout de la première page a été arraché : celui probablement où figuraient les coordonnées de l'hôtel Ancre bleue.

12. De quoi se faire des cheveux

Lors de leur première visite à Marietta Cran, les Lenoir et Blanc ont vu les trois perruques de l'artiste. Après la disparition de Marietta, il manquait celle aux longs cheveux blonds. D'après la réceptionniste, une blonde aux cheveux longs loge dans la chambre 5 !

13. C'est vraiment gonflé !

Marietta a profité de l'excitation générale pour se glisser sous le bateau pneumatique. Norbert, le nasique, rigole en voyant dépasser la main de sa maîtresse qui l'avait lâchement abandonné.

LE VOL DU TRIJOLET

1. C'est du classique !

La fenêtre de la salle de bains est ouverte et, derrière, on aperçoit le haut d'une échelle.

2. C'est du propre !

Il a beaucoup plu la nuit dernière. Si le voleur était monté par l'échelle, son poids aurait fait s'enfoncer les bouts de l'échelle dans la terre détrempée et ses chaussures auraient laissé des marques sur les barreaux.

3. De quoi se mettre en appétit

Sur le chariot du garçon d'étage, Amandine a remarqué une paire de chaussures aux semelles pleines de terre. L'étiquette porte le numéro de la chambre 229. Oui, vous avez vu juste, ladite chambre se trouve au bout du couloir : la petite plaque avec le 9 s'est retournée, se transformant ainsi en un 6, mais c'est bien de la 229 qu'il s'agit.

4. Un poids lourd un peu léger

Les signes ne manquent pas ! Le punching-bag et les gants de boxe dans la salle de bains montrent clairement que Charles Martelle s'entraîne pour son prochain combat qui est annoncé sur *Le Boxeur*. Il aura lieu le 25 juin, c'est-à-dire dans deux jours. S'il s'était vraiment cassé le bras, comment pourrait-il affronter son adversaire ?

5. Charme bucolique et bain de foule

Charles Martelle est monté dans le taxi en portant un grand sac marqué d'un M. On revoit le boxeur dans la foule, prêt à s'engager dans un passage.

6. La porte apporte…

La porte que désigne Edgar est celle du Soleil couchant et voilà pourquoi : il a entendu le boxeur traverser le passage et crisser ses pas sur le gravier. Tout de suite après, il l'a entendu grimper quelques marches, ouvrir une porte et la claquer derrière lui. Pour atteindre l'une des autres portes, Charles Martelle aurait dû passer par la cour. L'herbe aurait étouffé le bruit de ses pas pendant quelques instants et c'est seulement après qu'on l'aurait entendu gravir les marches.

7. La métamorphose du boxeur

À l'exception des lunettes de soleil, Amandine a reconnu, pour les avoir aperçues dans la chambre de Charles Martelle, la veste à carreaux, la casquette et la cravate du boxeur.

8. Noir sur blanc

Le message écrit par l'interlocuteur de Charles Martelle s'est imprimé sur la serviette : "RV 10 H DEMAIN MATIN CLÉ DE SOL. SOYEZ PONCTUELS. M. S." Les Lenoir et Blanc y seront, c'est sûr !

9. Chopin, Mozart ou Offenbach ?

La Clé de sol se trouve rue Offenbach, entre la rue Mozart et la rue Chopin.

10. La Clé de sol de bas en haut

Les morceaux du puzzle commencent enfin à tomber en place. Les initiales M. S. figurant sur le message sont celles de Marco Solo dont le nom figure sur le diplôme décerné par l'académie Fasolla. Et en levant les yeux, Edgar reconnaît Marco Solo derrière une vitre au premier étage. Solo, qui est probablement le propriétaire de La Clé de sol, tient entre ses mains le trijolet de Samson Diapason !

11. Pas de fumée sans feu

À droite de la caisse et à côté d'une cafetière, il y a une tasse dont le contenu doit encore être brûlant vu le filet de vapeur qui s'en échappe. La solution est proche, c'est le moment ou jamais de plonger dans le feu de l'action !

12. Un finale sans fausse note

Impossible de tirer le moindre son du trijolet sans son embout ! Or, cet embout, c'est Samson Diapason qui le détient, et il ne s'en sépare jamais. "Odilon Doy, vous êtes un crétin car vous le saviez, soupire le professeur." Cette fois-ci, Odilon Doy ne trouve rien à ajouter.

TABLE

Reproduit et achevé d'imprimer
en avril 2006
par l'imprimerie Aubin
à Poitiers
pour le compte des éditions
ACTES SUD
Le Méjan
Place Nina-Berberova
13200 Arles

Dépôt légal
1re édition : juin 2006
N° Impr. : P 69928
Imprimé en France